新雅文化事業有限公司
www.sunya.com.hk

在一個很特別的平安夜裏，有一隻貓頭鷹在倫敦市上空盤旋。

城市中，所有屋頂都蓋上了一層薄冰。在阿爾伯特橋下，小孩子沿着結了冰的泰晤士河溜冰；河畔上，有小販售賣着熱騰騰的烤栗子，也有一家大小裹在帽子和大衣裏趕着回家。

貓頭鷹拍着翅膀，瞧了四周美景最後一眼，便輕輕地降落在一個窗台上。

一隻老鼠沿着附近的排水溝匆匆走過，貓頭鷹覺得這老鼠看起來頗美味，可惜來不及把牠擒住。

貓頭鷹飛走了。老鼠確定自己安全後，便回頭一骨碌地鑽進牆內的通道，來到一户人家的閣樓裏。老鼠很高興，因為牠發現木地板上有一塊餅乾。

牠慢慢地向前移動，完全不知道自己正走進一個陷阱裏。

KENSI
GORE.

十四歲的嘉拉．施德布躲在幾個箱子後面，身邊還有她的弟弟費斯。她劃了一根火柴，然後點燃在一行棕色的粉末上。火花迅速地沿着地板上的粉末，從她躲藏的地方往那塊餅乾延伸過去。

嘉拉轉向費斯，問道：「你真的想抓那隻老鼠嗎？」

「當然。你是知道的！」費斯說。

「好吧，我來教你。我們靠的是科學、力學和一點運氣……」他們看着火花跳到蠟燭上，蠟燭給氣球加熱，氣球把球撞開，球擊中了猴子布偶，猴子布偶把玩具船一推，最後玩具船使籠子往下掉——正好把老鼠困住了。

費斯歡呼了一聲。

當他們想走近仔細看看老鼠時，廚子阿斯莫太太突然打開閣樓的活板門走上來，她不小心把一個籃子撞倒，結果老鼠趁機逃走了。

阿斯莫太太告訴他們，是時候到樓下去。

不久，嘉拉的姊姊——十七歲的露絲也來到閣樓。露絲一走近費斯，便伸手拍掉他身上的灰塵，費斯嘗試把她推開。自從他們的母親瑪俐去世後，露絲便認為自己有責任，確保弟妹得到妥善的照顧，並保持整潔。她一看見費斯褲子上的污漬，便皺起眉頭。

「嘉拉，這時候你應該換衣服，準備參加教父的聖誕晚會，而不是在閣樓裏玩。」露絲說。

「我不是在玩，我在教費斯一些物理學定律。」嘉拉回答。

露絲換了個話題，說：「快走吧，爸爸在客廳等我們。」

施德布先生正站在椅子上布置聖誕樹。當孩子們跑進客廳時，他轉過身來，對着他們強顏歡笑。

聖誕樹歪歪的，上面的裝飾品也凌亂不堪。孩子們失望的表情都寫在臉上。

「媽媽不是這樣布置的。」費斯說。

這是失去母親後的第一個聖誕節，他們都非常想念她。

施德布先生想讓孩子提起精神，於是提前送他們聖誕禮物。

「媽媽叫我在平安夜把禮物送給你們。看，就是這些。」他在聖誕樹下拿了三份禮物遞給孩子。

費斯撕開禮物的包裝紙，取出一盒小錫兵。他馬上把士兵排列起來，準備作戰。

露絲打開她的禮物，取出一件漂亮的裙子。她一眼便認出來：「這是媽媽最喜歡的衣服。」

施德布先生對她露出一絲微笑。

露絲把晚禮服放在身上比了比。「啊，真漂亮！我可以穿上它去晚會嗎？」

「親愛的，我想這正是它的用途。」父親表示同意。

接着輪到嘉拉了。

在大家的注視下，嘉拉迅速地撕開包裝紙，把禮物打開。她隨即看見一個蛋形盒子，中央有個六角星形的鑰匙孔。

「這是什麼？」費斯問。

嘉拉舉起盒子給他看。「我想這是可以打開的。」她説。但盒子卻鎖上了。

嘉拉翻看包裝紙，以免鑰匙遺漏在裏面。結果，她沒找到鑰匙，卻發現了一個小信封。

她急着想獨自打開信來看，於是站起來，衝出了客廳。

施德布先生在後面追着。「嘉拉？」

嘉拉坐在自己的牀上把信打開。信上寫道：

「給我美麗的嘉拉：你所需的一切都在裏面。——愛你的母親。」

嘉拉下定決心，非要打開這份神秘禮物不可。但細看之下，她發現這鎖有一個很大的問題。

此時，她的父親走進房間。「有什麼不妥嗎？」

「是的。」她回答，「這是一個彈子鎖，沒有鑰匙是不可能打開的。」

施德布先生建議她暫時把盒子放到一旁，因為他們現在必須準備出門，去參加聖誕晚會。

嘉拉對他說：「我不想去聖誕晚會。」

施德布先生向她解釋，這是聖誕節的傳統之一，大家都期待在聖誕晚會中見到他們一家人。

露絲也走進房間。施德布先生叫她幫嘉拉裝扮，然後便去看費斯準備得如何。嘉拉皺着眉，為何爸爸不明白她根本不想參加晚會？

露絲一邊替嘉拉梳頭髮，一邊說：「你要多體諒爸爸。」但嘉拉太想念母親了，她已沒有心情去體諒任何人。她把那份禮物的神秘信息告訴了露絲。

「你一定能弄明白的。」露絲鼓勵她，「你是個非常聰明的女孩，跟媽媽一樣。」

事實上，自從母親去世後，嘉拉就不再覺得自己聰明。對她來說，如今所有事情都難以理解。

「一切都變了，」她對露絲說，「爸爸卻裝作什麼都沒有改變。」

露絲繼續幫嘉拉梳頭髮，嘉拉則翻動着盒子，嘗試找出線索。她發現盒底刻了一個「D」字——那是爵迷雅的標誌！爵迷雅是一位發明家，這次的晚會就是在他的家裏舉行。他是父母的好友，也是她的教父。

如果這個蛋形盒子是爵迷雅造的，也許他能幫她打開！

忽然之間，嘉拉最想做的事，就是參加晚會！她趕快去換衣服。

不久，她已坐在馬車裏。馬車踢踢躂躂地在倫敦街道的雪地上行走，沿途可看見窗户透出燭光，路上也傳來聖誕歌聲，但嘉拉對這一切都視若無睹，一心只盼着儘快到達晚會的場地。

他們一抵達爵迷雅的豪宅，嘉拉便跳出馬車。她決意要找到教父，問他關於蛋形盒子的事情。

進場前，施德布先生提醒他的孩子：「我期望你們今晚都有很好的行為舉止。」

他要費斯在晚餐時注意儀態，也告訴露絲和嘉拉，他會等着和她們跳舞。

露絲很喜歡跳舞，但嘉拉參加晚會只有一個目的——打開那個蛋形盒子。

施德布先生嚴厲地警告嘉拉：「嘉拉，今晚你不許溜走。我要你跟其他賓客多接觸和交談。」

嘉拉翻了個白眼，幸好這時費斯打岔問道：「我呢？我跟誰跳舞？」父親就沒有繼續說下去。

爵迷雅的房子布置得富麗堂皇，充滿節日氣氛。

施德布一家把他們的大衣交給管家，大衣隨即被一部機器送入衣櫥內。接着，他們從長廊走向大廳。到了大廳門口，有另一名管家宣讀各家庭成員的名字。

「班傑明．施德布先生。露絲．施德布小姐。費斯．施德布！」

但當管家準備介紹嘉拉的時候，她已經不見蹤影了。

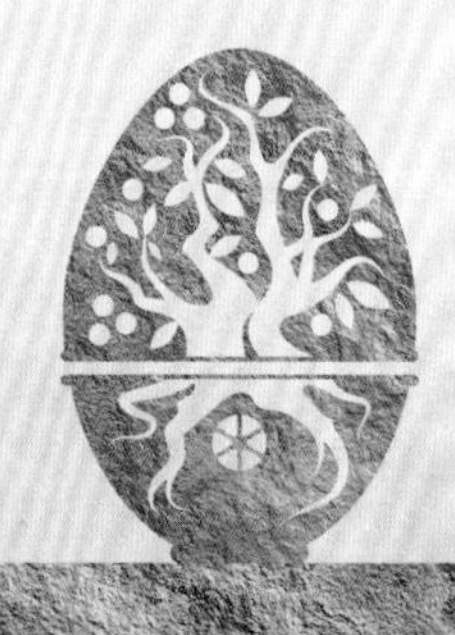

嘉拉推開兩扇大門，走進爵迷雅的工作室。

「教父？」她叫了一聲，但沒有人回應，她只好到處找找看。

當嘉拉終於找到爵迷雅時，他正伏在工作枱上，一副若有所思的樣子。嘉拉注意到，他穿着時尚的禮服，卻頂着一頭蓬鬆的亂髮。他抬起頭來，其中一隻眼被眼罩遮着，只用單眼注視嘉拉。

「教父，我需要你的幫忙。」她說。

爵迷雅告訴嘉拉，他也需要她的幫忙。他製造了一個很複雜的機械湖，以拍着翅膀的玩具天鵝作點綴，但那些天鵝只會向後移動。

嘉拉剛好帶來了修理工具。她找了一支星形螺絲批，在機器上做了些調整，天鵝終於能夠向前移動。

爵迷雅高興極了。接着，嘉拉請他幫忙打開那份神秘的禮物。

他一眼就把盒子認出來。嘉拉的母親瑪俐是個孤兒，這個蛋形盒子是爵迷雅領養瑪俐時為她製作的禮物。盒上有一個彈子鎖，但爵迷雅沒有後備鑰匙。他告訴嘉拉，要打開這個盒子，她必須找出原有的鑰匙。

既然現在沒有其他事情可做，嘉拉便藉着這個機會，把心事告訴爵迷雅。「爸爸好像只在乎外表，他假裝一切如常。」

爵迷雅表示理解。「啊，我猜他跟你的感受是完全一樣的。」

古老大鐘敲響了，打斷了這溫馨的時刻。

爵迷雅站起來，催促嘉拉回到晚會中：「我馬上就到。這會是一個神奇的夜晚。」

嘉拉離開房間後，爵迷雅便對棲息在工作室的貓頭鷹説：「跟着她。」

當爵迷雅抵達會場時，賓客們正在欣賞一段芭蕾舞。表演結束後，他走上舞台。

「各位先生和女士，接下來，對我而言是聖誕節最精彩的部分，也是今晚最精彩的部分。我要為每人獻上一份聖誕禮物！」

這時候，通往花園的門打開，賓客們發出了一聲歡呼。嘉拉正要往花園走，卻被父親攔住。他想知道嘉拉剛才去了哪裏。

「我去了教父的工作室，」嘉拉說，「我在找辦法——」

「我跟你說過，不可以溜走。你剛才應該跟我跳舞。」

嘉拉說她不想跳舞。

「嘉拉，不要只想到你自己！」父親對她說。

她回答：「這句話也同樣適合你！」

施德布先生不再多說，只是轉身離去。嘉拉很後悔，但同時她知道她的確感受如此。她把不愉快的感覺拋開，繼續向花園走去。

爵迷雅的花園布滿花草樹木、雕像和池塘，像個迷宮似的。中式燈籠在半空中輕輕搖曳，照亮了小徑。大理石雕像上綁了數百條顏色鮮豔的細繩，繩子繞過樹枝，再沿着小徑延伸出去。每根繩上都掛有一位賓客的名牌。爵迷雅叫孩子們跟着屬於自己的繩子，尋找藏在另一端的禮物。

嘉拉從未參加過這種「蜘蛛網派對」，但她從書上看過，知道是怎麼一回事。她找到了自己的繩子和名牌，但奇怪的是，她沿着繩子走，居然回到大屋裏，還到了樓上。

忽然，眼前蹦出一個玩具胡桃夾子，嘉拉嚇得往後跳開！

原來是費斯。他哈哈大笑，在嘉拉面前揮動他的新玩具。「這個就是你的男朋友！」他大聲説，然後一溜煙地跑掉了。

嘉拉繼續沿着繩子，逐步走進大屋深處，直到繩子在一道門下面消失了。

她好奇地把門推開，走廊上只有微弱的燈光為她引路。嘉拉一邊走，一邊用手指摸着牆身，原本光滑的木板慢慢不再光滑，再過不久，甚至變得粗糙、凹凸不平。

嘉拉仔細一看，那根本不是牆壁，而是一棵樹。

怎麼可能？她正往哪裏去？嘉拉沒有頭緒，但她繼續沿着繩子，走向未知的目的地。

不久，嘉拉穿過了一個大洞——事實上那是一棵枯樹的底部。她踏在雪地上，發現自己正站在森林中央！

　　嘉拉轉了一圈，觀察四周的景物。爵迷雅的大屋、花園、賓客——全部都不見了！

　　森林裏長滿了茂密的樹木。放眼望去，嘉拉感到很驚訝，這冰雪仙境中的一塊空地上，竟長有一棵巨樹。鋪滿白雪的樹枝像聖誕樹上的彩帶一般閃亮，而且似乎有光從樹裏穿透出來。

那條金色繩子的另一端就綁在那棵樹上。嘉拉舉頭一看，樹枝上竟然掛了一把鑰匙。她興奮極了，正要伸手去拿鑰匙，但有隻老鼠突然從她身邊閃過，搶先爬到樹枝上。

這隻老鼠又大又髒，其中一隻眼上還有一道參差不齊的疤痕。牠把鑰匙銜在齒縫間，然後迅速逃走。

「快回來！」嘉拉在後面追着老鼠，來到了一條結了冰的河流。老鼠在冰面上跑，跟嘉拉的距離拉遠了。

牠轉過身來，似乎在挑戰嘉拉，看她敢不敢繼續追。

嘉拉毫不猶疑地踏上冰面，但腳下的冰塊卻開始裂開。老鼠飛快地跑掉了。

「可惡的老鼠，把鑰匙還給我！」嘉拉大叫。

她環顧四周，看看有沒有辦法能渡河。她看見附近有一座橋。

橋頭有一個崗亭，站了一名胡桃夾子士兵，動也不動的。他的馬就在旁邊，也奇怪地站着不動。嘉拉靠近，用手觸摸守衛的臉頰，他一點反應都沒有；但嘉拉一踏上橋，他便立刻睜開眼睛。

「停！」

嘉拉被他突如其來的舉動嚇得大叫了一聲。

「是誰要過橋？」守衛拔劍問道。

「只有我。」她說。但守衛以為那是她的名字，她只好補充說：「嘉拉。」

守衛攔住她。「除非攝政大臣直接下令，否則任何人不得擅自過橋到第四國度。」嘉拉完全聽不懂他在說什麼。

胡桃夾子解釋，說她不能繼續往前走進森林裏，因為王國之間爆發了戰爭。她感到很意外，「戰爭？」

「是的，『嘉拉・只有我』小姐。」他說。

「嘉拉・施德布。」她糾正他。

她這麼一說，情況就完全不同了。

「瑪俐・施德布是你的什麼人？」胡桃夾子問。

嘉拉說那是她的母親，他聽後馬上單膝跪下，鞠了一個躬。「你就是瑪俐女王的女兒？請原諒我剛才認不出你，嘉拉公主。」

「公主？」嘉拉聽得一頭霧水。

他自我介紹，說他是菲臘・荷夫曼隊長。

嘉拉和菲臘交談的時候，沒有注意到偷鑰匙的老鼠也在一旁，正偷聽他們說話。牠一聽見嘉拉請求菲臘讓她過橋，便立刻溜走。

菲臘提醒嘉拉這樣做很危險，但既然她是公主，他無法阻攔她，只好跟她一起前往，沿途保護她。

菲臘的馬叫做叮叮噹。他把叮叮噹叫醒，準備和牠一起護送嘉拉過橋。

他們走進了一座詭異的森林，那裏的霧很濃，所有樹木都枯死了。

菲臘問：「我們要找什麼？」

「一把金鑰匙。」嘉拉回答。

「這把鑰匙肯定很重要。」菲臘說。

「是的。」她說。

他們繼續往森林深處走，老鼠的叫聲響遍四周。嘉拉問菲臘是否害怕，雖然他否認了，但卻顯然很緊張。

突然，嘉拉看見了偷鑰匙的老鼠！

「鼠靈斯！我早該知道是牠！」菲臘拔出劍來。

嘉拉想不到菲臘竟然認識那隻老鼠。菲臘提醒她要小心行動，但話未說完，嘉拉已跑去追拿鑰匙了。

嘉拉看着鼠靈斯消失在樹樁的洞裏。「把鑰匙還給我！」她大喊，沒有留意到身後出現了一千隻老鼠。牠們正堆疊起來，形成一個龐然大物。

她慢慢地轉過身來，頓時毛骨悚然。

巨鼠的雙手抓住她，把她從地面上提起來。一隻隻老鼠脫離巨鼠，跳到嘉拉身上，跟她的頭髮糾纏在一起。

嘉拉驚叫，慌忙地把老鼠從她的身上扯開，扔到一旁。但老鼠實在太多了，她應付不來。牠們半拖半帶地把嘉拉引入森林，刺耳的老鼠叫聲劃破長空。

突然，菲臘衝過來，抓住嘉拉的手，想把她從巨鼠手中拉出來。這就像一場拔河比賽，但菲臘最終成功砍斷了巨鼠搖擺的臂膀，使牠不得不放開嘉拉。

菲臘叫嘉拉趕快逃跑。這時老鼠一隻疊一隻的，又重新堆成巨鼠。

「是鼠王！」菲臘驚呼，「別向後看，繼續跑就是了！」

嘉拉注意到這隻怪物在樹多的地方不易行動，於是她帶菲臘和叮叮噹往森林的深處逃跑。這個方法果然有用，他們成功擺脫了鼠王。

當他們終於停下來休息時，菲臘跟嘉拉說，他們必須儘快離開這個地方。

嘉拉不肯，說：「沒有鑰匙，我是不會離開的！」

就在這個時候，一把女人的聲音響徹整座森林。

「嘉拉．施德布！在我的王國裏！」

嘉拉和菲臘抬頭一看，發現有個巨大的黑影籠罩着他們。

菲臘叫嘉拉和他一起騎上叮叮噹，這次嘉拉沒有跟他爭論。但正當他們要策馬而逃時，那女人說：「嘉拉，我手上有你要的東西——你的鑰匙！」

「那是個陷阱！」菲臘叫她小心。

嘉拉發誓之後一定會回來找鑰匙，然後二人騎着馬飛奔而去。

「剛才的黑影是什麼？」嘉拉看着天空，這一刻它顯得異常平靜。

「那是薑媽媽，她是第四國度的攝政大臣。」菲臘解釋。他的馬正喘着氣，緩慢地踏過田野。

「我們現在要去哪裏？」嘉拉問。

菲臘向前傾，把叮叮噹轉向另一個方向。「去唯一能保證你安全的地方。」他準備帶嘉拉去皇宮。

華麗的皇宮座落在四個王國的中心。嘉拉從未見過那麼巨大的城堡，有着壯觀的炮台、高塔、護城河和吊橋。

可是，兩個衣着講究的守衛——騎士和弄臣——不肯讓菲臘和嘉拉通過吊橋。

「我必須進皇宮。」菲臘向他們解釋，「我在第四國度救了這個女孩。」

「隨便你怎麼說……」騎士盯着嘉拉看。

「別這樣！她是一位公主。」菲臘告訴那兩個守衛，但他們並不相信。守衛把雙臂交叉抱於胸前，堅決要把菲臘和嘉拉擋在皇宮外。

菲臘再次嘗試。「她是嘉拉．施德布——瑪俐．施德布的女兒。」

出乎嘉拉的意料，守衛突然對她肅然起敬。騎士打開通道，弄臣也退到一旁。

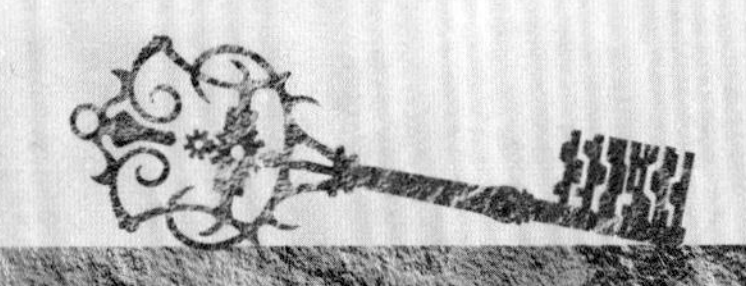

皇宮裏一片熱鬧的景象，人們聚集起來，目不轉睛地看着嘉拉，跟她揮手。所有人都因她的出現而興高采烈——似乎還對她抱着幾分敬畏。嘉拉發現自己陶醉在這種目光下，開始笑着向人們揮手。

「消息傳得真快！」菲臘説。

五彩碎紙從樓上的窗户灑下來時，嘉拉笑得更燦爛。

號角響起，嘉拉和菲臘穿過大廳，沿着華麗的階梯拾級而上。侍衛把大殿的雙扇門打開，裏面放置了四張寶座。

冰雪王國的攝政大臣是霜華，他坐在自己的寶座上，頭髮都結了霜，臉部輪廓分明，神情冷漠。

坐在他旁邊的，是鮮花王國的攝政大臣荷芳。他喋喋不休的，但臉上掛着友善的笑容。

坐在第三張寶座上的人，是嘉拉見過最美麗的女人。她完美得像一個瓷娃娃，連她的晚禮服也是那麼完美無瑕，像白糖一樣亮晶晶。在四國境內，人人都稱這位糖果王國的攝政大臣為糖梅仙子。

第四張寶座是空着的，給人不安的感覺，但大家都隻字不提。

菲臘為大家介紹嘉拉後，所有攝政大臣都站起來，向她深深鞠躬，這令嘉拉感到不知所措。

霜華退後一步，讓美麗優雅的糖梅仙子上前。

「我沒想到會有這麼的一天！」糖梅仙子說，「請告訴我們——我們一直都很想知道：親愛的瑪俐女王好嗎？」

「我的母親？」嘉拉吸了一口氣才繼續說，「我的母親——她——死了。」

所有攝政大臣都吃了一驚，他們完全不知道這件事。霎時間，整個大殿充滿了哀傷。

一滴眼淚從糖梅仙子細嫩的臉頰滑下來。

糖梅仙子問嘉拉是否來統領奇幻國度。嘉拉解釋，她來這裏只是為了尋找教父的聖誕禮物。

接着她跟大家提到那隻可怕的老鼠，以及她和菲臘是如何逃脫的。

「那是薑媽媽！」糖梅仙子驚呼，「親愛的嘉拉，你能活着已經很幸運的了！」

攝政大臣都認為讓嘉拉再前往第四國度，實在太危險了；既然她已來到皇宮，他們必須保護她。

他們也一致贊成，要舉行一場大匯演來慶祝嘉拉的到訪。

糖梅仙子建議嘉拉先去休息。嘉拉確實感到很疲倦，可是那把鑰匙……她必須找到它。在想出一個計策前，她暫時會留在皇宮裏。

嘉拉跟着糖梅仙子走出大殿。她們離開前，菲臘說他該回到自己的崗位去了。嘉拉以皇室成員的身分頒布了第一道命令，要求他留下來。她相信菲臘一定能幫助她的。

接着，嘉拉問糖梅仙子：「薑媽媽是誰？」

糖梅仙子走到長廊上的第一幅掛毯前，薑媽媽的畫像就在這幅彩色刺繡的中央。糖梅仙子告訴嘉拉，薑媽媽曾經是第四國度的攝政大臣。奇幻國度本來是個寧靜、平和的地方，但自從薑媽媽意圖稱霸後，情況就完全不一樣了。

她們上樓梯前往高塔的陽台，在那裏嘉拉看到了第四國度。原來它是一個四面環海的島嶼，大部分的土地都被濃霧遮蔽着。

糖梅仙子告訴嘉拉，薑媽媽被放逐後，造了一隻老鼠怪物，把第四國度毀滅了。糖梅仙子擔心皇宮的吊橋阻止不了老鼠入侵。

接着，她們從一條用簾幕隔開的通道往下走。糖梅仙子告訴嘉拉，以前她經常和瑪俐去其他世界冒險。

糖梅仙子打開一扇門，她們經過狹窄的通道，走進了一個由齒輪組成的大機器。嘉拉發現原來她們在一個大鐘裏——不是別的大鐘，而是爵迷雅家中那個大鐘！

眼前的景象一片模糊，但透過玻璃，她看見聖誕晚會仍在進行中。糖梅仙子解釋，時間在現實世界過得很慢，而在奇幻國度卻快得多。嘉拉看見露絲正追着費斯，然後，她注意到父親獨自坐在一旁，憂傷地注視着自己的雙手。他看起來很失落。

糖梅仙子帶她回到大鐘的平台。通往外界的門關上，轉眼間她們又回到了皇宮。

糖梅仙子推開寢室的門，然後退後，讓嘉拉先進去。這是一間極豪華的寢室——有掛着帷幔的四柱牀、鍍金的梳妝台和絲綢座椅，非常適合公主使用。在寬敞的衣帽間裏，嘉拉發現許多漂亮的晚禮服。

「看！」糖梅仙子退到一邊，好讓嘉拉選擇。

「怎麼辦，我一向不擅長選衣服、髮式、鞋子和——你明白我的意思吧。」嘉拉真希望露絲就在這裏，她一定很高興能有那麼多的選擇！

糖梅仙子說：「如果你不介意的話，讓我來幫你，好嗎？」

嘉拉很樂意讓糖梅仙子為她挑選。

在宮殿的劇院裏，數以千計來自各王國的子民前來觀賞大匯演。號角發出巨響，宣布表演正式開始，全場來賓逐漸安靜下來。

「各位先生和女士，今天是四大奇幻國度的歷史中，一個很值得紀念的日子……」霜華先發言。

荷芳接着説：「我們非常榮幸能向各位介紹瑪俐女王的女兒——嘉拉·施德布！」

嘉拉和糖梅仙子從儀仗隊身邊走出來。

嘉拉侷促不安地站在羣眾面前。這時候的她一身公主的打扮，有着高雅的髮型、完美的化妝，還穿上令人眩目的晚禮服。各國的子民報以熱烈的歡呼，表達他們對嘉拉的愛慕和讚賞。

菲臘也睜大了眼睛，流露出驚訝和欣賞的神情。

準備就座時，嘉拉悄悄地說：「糖梅仙子，所有人都盯着我看！」

「那是當然的，」她回答，「有其母必有其女。」

號角再次響起，燈光逐漸暗下來。

舞台的燈亮起，一名美麗的芭蕾舞者開始跳舞。她的舞姿流露出孤獨和憂傷。

糖梅仙子小聲地對嘉拉說：「這次大匯演是在敍述四大奇幻國度的故事，關於你的母親怎樣創造了我們的世界。」

其他舞者陸續登場，與芭蕾舞者一起踮腳旋轉，翩翩起舞。隨着魔法展現，芭蕾舞者的憂傷變成了歡樂。

「首先，你的母親創造了鮮花王國。」糖梅仙子輕聲地說，這時有美麗的花朵從地面冒出來。荷芳介紹了鮮花王國的房屋、田野，還有居民——全部都以花朵作裝飾。

「接下來，她創造了冰雪王國。」糖梅仙子繼續說明。舞台上開始下起雪來，霜華展示了一羣溜冰者和北極熊，他們都向嘉拉深深鞠躬。

芭蕾舞者走到哪裏，哪裏就充滿生機。下一幕是以甜點為背景。

「然後是糖果王國，」糖梅仙子說，「我的最愛！」

第三幕和最後一幕的背景都是糖果王國。糖果樹從鋪滿朱古力的土地裏生長出來，然後更多的舞者登場，他們有的裝扮成老鼠，就像嘉拉在森林裏見到的那些。

嘉拉驚歎不已，她挨近糖梅仙子，問：「但母親是怎樣創造出這些東西呢？」

糖梅仙子迫不及待，想告訴嘉拉所有事情。

趁着劇院裏的羣眾正熱烈地討論這場表演，嘉拉、菲臘和糖梅仙子悄悄地溜了出去。

糖梅仙子帶嘉拉和菲臘沿着迂迴曲折的樓梯往下走，來到最底層的一道門前。

「我們本來只是小孩子的玩具，直到你的母親製造了這部機器。」糖梅仙子一邊說，一邊把門推開。

嘉拉驚歎，在寬敞的房間裏，放滿了各種機械裝置，有活塞、風扇皮帶、控制桿、輪齒、平衡錘和滑輪，還有隨時可給機器供應能源的水車設備。這部水車曾經運作過，現正有待重新啟動。

房間中央有一個錐形的長管，從機器的頂端斜向下方的小平台。

「這就是發動機。」糖梅仙子說，她的聲音充滿了敬意。「發動機使我們變成真人，它給了我們生命。現在我們都有感受，就跟你一樣。」糖梅仙子摸摸她的心，「快樂、難過、憤怒、愛、恐懼。」

嘉拉環顧四周廢置的零件、玩具和工具。這是母親的工作室，而這部機器便是她的傑作。嘉拉有一種強烈的感覺——她必須保護這一切。

糖梅仙子解釋，自從嘉拉來到這裏，薑媽媽的陰謀變得更危險。「只有靠發動機建立一支軍隊，我們才能保護自己。」

嘉拉認為若是機器壞了，也許她可以把它修好，但糖梅仙子說機器並沒有損壞，只是鑰匙不見了。仔細觀察之下，嘉拉發現發動機的鑰匙孔跟蛋形盒子上的是一模一樣。

她告訴糖梅仙子，鑰匙就在鼠靈斯手上，她想把它取回來。菲臘和糖梅仙子始終不贊成，認為這樣做太危險了，但嘉拉說服了他們。

「我一定要試試看，」她說，「我必須得到那把鑰匙！」

嘉拉對糖梅仙子和菲臘說，她需要一個人靜下來。然後，她回到高塔的陽台上。四大奇幻國度的景色美得超乎想像，從遠處看去，就連第四國度看起來也不是太糟糕。

突然，嘉拉不寒而慄。這是一次前所未有的冒險，她不知道自己能否完成任務。一想到要從鼠靈斯和薑媽媽手中拿回鑰匙，她就感到害怕。

嘉拉心裏充滿疑慮，她大聲地叫喊着，彷彿在跟她的母親說話：「我多希望你還在，像從前一樣告訴我，我做着正確的事情……」

經過一段長時間的靜默，一陣風輕輕地吹過高塔，嘉拉確定她在風中聽見了自己的名字。可是她感到很困惑：她是真的聽見，抑或只是她的想像？此時，一顆流星劃過天空，留下了一條彩色的尾巴。

嘉拉擦去眼中的淚水，說了聲「謝謝」。

嘉拉換了一套方便上路的裝束，然後在大樓梯上跟糖梅仙子會合。糖梅仙子緊握嘉拉的手好一陣子，說：「願你平安歸來。好好照顧自己，小心提防薑媽媽！」

嘉拉點點頭。為了奇幻國度和她的母親，她下了決心，一定要成功。那把鑰匙很快便會回到自己手上，她才是鑰匙的主人！

嘉拉率領皇家軍隊，刻不容緩地大步邁過城堡的吊橋，向着第四國度進發。騎士和弄臣匆匆地攔住嘉拉，說他們自願當兵。

嘉拉一臉猶疑，騎士馬上說：「我們是受過訓練的殺手，真的！」

「能置人於死地！」弄臣補充說。

嘉拉不相信，但還是讓他們加入軍隊。

「部隊聽命，開步走！左、右、左、右……」嘉拉喊着口令，讓菲臘對她刮目相看；其實這是她跟費斯一起玩玩具士兵時學來的。

大軍向着森林的邊緣前進，鼠靈斯正藏在那裏。牠看着嘉拉、菲臘和軍隊過橋，然後一骨碌地溜進樹叢裏。

隊伍浩浩蕩蕩地進入森林。當他們抵達第四國度的邊界時，只見一片陰森的濃霧，並聽見一陣隆隆的響聲，聲音似乎是從腳底下發出的。軍隊上下開始緊張地竊竊私語起來。

「你們聽見了嗎？」菲臘問，一邊仔細地聽着那聲音。

後排有兩名少年士兵看起來特別害怕，他們受不住了，轉身逃跑。

遠處開始傳來老鼠的叫聲和移動的聲音，士兵們越來越緊張，情況也越來越不妙，其中一名士兵竟被吸進地底！這事發生得太快，他前一刻還站在那裏，下一刻就不見了，其他士兵都懷疑那是自己的錯覺。

士兵們燃點火棒，想看個清楚。

嘉拉揮着手中的火棒說：「老鼠很討厭火的。」

「兄弟們，堅持住！」菲臘指示大家。

「前面有東西！」嘉拉注意到霧中有一個影子。

騎士和弄臣一躍而起，向着那個模糊的影子揮劍。一番打鬥後，這兩名士兵都覺得自己勝出了。

「猛獸已被殺死！」弄臣宣布。

嘉拉咯咯地笑：「就遊樂場的設施而言，是的，它的確是死物。」實際上，那影子只是一條雕刻精美的木龍，中間插着一根木杆。

騎士很失望，說：「還是小心為妙。我曾在遊樂場裏玩過一些很可怕的機動遊戲。」

這時，地面開始強烈地震動起來。

「快到旋轉木馬旁邊集合！」在菲臘的命令下，軍隊向那裏飛奔。

旋轉木馬周圍有煤氣燈，但開關都已生鏽，嘉拉立刻進行修理。燈一亮，他們才發現遍地都是被廢置的、跟真人同樣大小的殘破玩具。摩天輪的殘骸也倒在旁邊，景象非常可怕。

更嚇人的是，旋轉木馬開始下陷。

「是那些老鼠！」嘉拉驚叫，「牠們就在我們下面！」

士兵們轉身穿過濃霧而逃，但四周全都是老鼠洞，很快他們便一個一個往下被吸走了。

嘉拉跳過一個老鼠洞，卻掉進了另一個。

菲臘抓住她的手，好不容易支持了幾秒鐘，但手一滑，只能在呼喊中看着嘉拉消失。

在洞裏，嘉拉快速地往下墜。她拚命地去抓那些長在泥壁上的凌亂的樹根，以減慢墜落的速度，但卻毫無作用。當她掉到洞底時，成千上萬的老鼠正等着把她帶走。嘉拉大叫，可是沒有人能聽見。

很快老鼠便把她放在地上，然後散去。忽然之間，薑媽媽的大手向下一撈，把嘉拉整個人捧到眼前。

薑媽媽的聲音很響亮。「呵，你就是嘉拉．施德布！」

嘉拉把腰挺直。「我來這裏，是為了取回你從我和母親那裏拿走的鑰匙。」她把手張開，彷彿眼前這個巨人會立刻交出鑰匙。

「鑰匙不是我拿走的，但它確實在我這裏。」薑媽媽颼的把嘉拉扔進她的裙子裏。「請進！」

嘉拉被弄得頭昏腦脹，好不容易停下來後，她慌忙地找出口。這時，一個小丑從多層薄紗中蹦出來，跟嘉拉面對面。他沒有攻擊她，而是從中間把自己打開，另一個較小的小丑從裏面蹦出來，在地上做了一個側手翻，然後同樣把自己打開，裏面再蹦出一個更小的小丑來。

小丑一個接一個地出現，共有六個。他們圍着嘉拉，吵鬧地表演着精彩而驚險的雜技。這些小丑一邊翻滾、彈跳、互相跳背，一邊咯咯地笑，並喃喃地説着陌生的語言。其中一人朝着嘉拉翻筋斗，把她撞倒後更開心地大叫。

小丑們完全沒有停下來的意思，嘉拉喘着氣，感到很挫敗。就在她躺在地上，準備任由小丑滾過自己時，她注意到頭上有幾根繩索，接着她又看見滑輪和飛輪，忽然靈機一觸。

嘉拉重新充滿鬥志，馬上站起來，向着帳篷中央的鐵柱跑過去。那根鐵柱像螺絲般有凹凸的螺紋，而且連接着一張椅子。

嘉拉跑到椅子前，拉動幾支控制桿，然後跳上去。她閉上眼睛，放開最後一支控制桿，椅子便以驚人的速度向上旋轉。

旋轉椅在一個圓形的房間裏停下來，那裏似乎是整個機械系統的中樞部分。嘉拉看見很多按鈕、控制桿和儀表盤，而房間的中央懸掛着她想取得的東西——鑰匙。嘉拉正要伸手去拿，忽然有人説話，把她嚇了一跳。

「住手，小姐！」薑媽媽大吼，她本人不知從哪裏冒了出來。

「你就是薑媽媽？」嘉拉問。

「而你就是瑪俐女王的女兒。」薑媽媽回答。

嘉拉告訴薑媽媽，瑪俐女王已經去世。薑媽媽一臉憂傷和憐惜地走近她，但嘉拉把她推開，叫道：「你真的在乎嗎？你想摧毀她所創造的一切！」

薑媽媽嘗試辯解，想告訴她奇幻國度故事的另一個版本，但嘉拉不相信薑媽媽。她一找到機會，便抓住另一支控制桿，弄翻了薑媽媽的裙子，兩人都摔倒在地上。

鑰匙向着嘉拉飛過去，她一手把它抓住。薑媽媽試圖阻止，懇求她不要把鑰匙交給糖梅仙子，但嘉拉不聽，於是薑媽媽伸手去搶鑰匙，卻沒有成功。嘉拉跳上旋轉椅，按下按鈕，逃離了房間。

在帳篷狀的裙子底層，嘉拉找到正在和小丑搏鬥的菲臘。他把裙子割破，二人逃了出去。當他們逃到安全的地方時，嘉拉對菲臘説：「她看起來不像壞人。」

「不要被老婦人柔弱的外表騙倒！」菲臘叫她小心，「這女人很厲害的。」

他們繼續趕路，認為薑媽媽一定正召集她的老鼠大軍。

嘉拉和菲臘衝出了濃霧瀰漫的森林，來到一個半島。那裏的景觀壯麗，可以看見其他幾個王國。

他們需要休息一會，同時嘉拉很想做一件事情：既然鑰匙已在手中，她要把蛋形盒子打開。

她坐下來，掏出口袋中的盒子。鑰匙輕易地便插進鑰匙孔中，嘉拉屏氣凝神地把它轉動。鎖喀嚓一聲開了，音樂聲徐徐響起，但盒子卻是空的。嘉拉看了又看，但盒裏什麼都沒有。她失望地把盒子蓋上。

「媽媽告訴我，我所需的一切都在裏面，」嘉拉皺着眉頭說，「但裏面根本沒有東西！」

嘉拉把鑰匙給菲臘，叫他交給糖梅仙子。她什麼都不想做，只想回家。菲臘嘗試勸勉她，但嘉拉覺得很迷失，她不是他們的女王，也無法再幫助他們。

接下來，菲臘的說話令嘉拉感到很驚訝。原來他曾見過她的母親。

「她從我的崗亭經過，我說：『女王陛下，謝謝你創造了奇幻國度。』你知道她怎麼說嗎？她說不用謝，她創造這裏，是為了讓自己在無法理解現實世界時，有個地方可去，然後更謝謝我。想不到尊貴的女王竟然向我這平凡的胡桃夾子道謝！」故事講完後，他說：「嘉拉．施德布，你並沒有迷失，這個地方是屬於你的。」

嘉拉深呼吸了一口氣，然後點點頭。他說得對。

菲臘向她伸出手來，說：「我們該上路了。是時候拯救整個王國！」

糖梅仙子正與侍衛一起等待着。當嘉拉的隊伍進入皇宮庭院，她便從暗處走出來。「嘉拉，怎樣？」

「拿到手了！」嘉拉張開手掌，給她看鑰匙。

「真是個聰明的女孩！」糖梅仙子興奮地拉着嘉拉轉圈，二人開懷大笑，然後她給嘉拉一個熱情的擁抱。糖梅仙子取了鑰匙，說：「快，立刻行動！」

嘉拉、糖梅仙子和菲臘站在發動機前。糖梅仙子用鑰匙開鎖，機器隆隆地發動了。她又叫皇宮侍衛把一盒盒小錫兵拿過來。菲臘覺得不妥，他指出錫兵是空心玩具，一旦他們變成真人，誰都無法預測他們的行為。

糖梅仙子不同意。她會親自指揮那些士兵，他們一定會服從她的。事實上，她一向覺得瑪俐女王太過謹慎。話一說完，她便開始轉動儀表盤，把士兵堆疊在平台上。

嘉拉看看菲臘，他還是很擔心的樣子。

糖梅仙子按下發動機的按鈕，小錫兵開始變大；到他們變成真人時，每個都超過七呎高，肌肉結實，隨時可以作戰。糖梅仙子立刻命令士兵向第四國度進發。

這時，嘉拉也開始擔心起來。「我以為你建立軍隊只是為了自衛，而不是侵略別的王國。」她說，「我的母親一定不希望你這樣做。」

糖梅仙子一聽就變臉了。「我才不在乎你的母親會怎樣想！她已經不在了！」

這句話很傷人，但真相的殺傷力更大。原來糖梅仙子想要的是權力，而嘉拉剛剛給了她操縱一切的工具！

發動機不斷製造士兵，他們都站在糖梅仙子身邊來保護她。

她對嘉拉說：「你已沒有任何利用價值了。侍衛，把她關起來！」

「放開她！」菲臘喝止。他舉起劍來，嘗試擊退其中一名侍衛，但很快便被制伏了。侍衛把他逮捕，連同嘉拉一起推向大門，糖梅仙子則繼續把玩具錫兵倒進發動機的平台上。

「你為什麼要這樣做？」嘉拉大聲叫，一邊不住地掙扎。

一時之間侍衛都住手了，但糖梅仙子繼續製造她的軍隊，一邊解釋：「你的母親遺棄了我們，卻又期望我們會一直好好地和平共處。告訴你，我才不要這樣！」

嘉拉恍然大悟，原來糖梅仙子一直在撒謊。薑媽媽並不是她所說的那麼壞。

當侍衛要把他們帶走時，糖梅仙子脫口而出：只要她願意，她隨時可以把士兵變回玩具。能夠賜予或毀滅生命——這才是真正的權力。

因此，只有她才有資格成為女王。

侍衛把菲臘和嘉拉一起拉到樓上的觀察室，將二人推進去後便把門鎖上。

過了幾分鐘，門又開了，荷芳和霜華也被推進房間。

嘉拉不敢看菲臘和兩位攝政大臣，她坐在地上，非常難過。「恐怕這一切都是我的錯，是我辜負了你們，也辜負了我的母親。」

菲臘向荷芳和霜華解釋事情的經過，說：「是糖梅仙子欺騙了我們，背叛了我們。」

過了好一陣子，嘉拉仍然深深地自責着。她極為沮喪，從口袋裏取出蛋形音樂盒緊緊地握着，然後把它打開。

音樂盒發出美妙的旋律，充滿了整個觀察室。嘉拉看見盒子裏有一個裝置，是她之前沒有發現的。她輕輕地戳了它一下，一面鏡子隨即轉到盒子中央。

嘉拉擦乾眼淚，注視鏡中的自己。忽然，她恍然大悟，倒抽了一口氣，說：「是我！原來盒子裏面有的就是我！」她心裏的悲傷開始消退。

嘉拉為自己剛才對菲臘的惡劣態度感到羞愧，並向他道歉。菲臘向她保證，胡桃夾子都非常忠心，何況他們之間還有深厚的友情。

是時候想想新的對策了。他們一致同意，他們必須回到第四國度，把糖梅仙子的陰謀告訴薑媽媽，讓她及早提防。

但首先，他們必須逃出這個監牢。

嘉拉想到一個辦法。

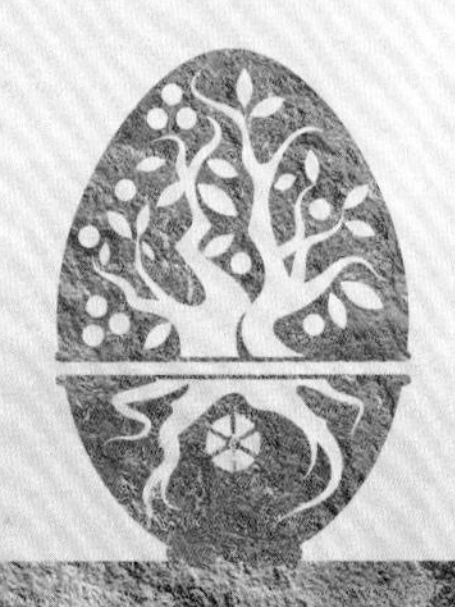

房間中央有一盞大吊燈，嘉拉拿起拴着吊燈的繩子，把其中一頭綁在自己的腰間，然後站在觀察室向外伸展的旗桿上。她叫菲臘把繩子的另一頭綁在沉重的吊燈上，並解釋說吊燈可以用作平衡錘。

菲臘緊張地問：「你確定要這樣做？」

嘉拉回答：「這是物理學定律。」

「這些定律一定有效嗎？」菲臘問。

「據我所知，是的……」嘉拉往庭院探頭一看，從這裏下去有好一段距離。她甩一甩頭，揮去心中的恐懼，然後從旗桿跳下。

菲臘放開手中的平衡錘，嘉拉便往下墜落。平衡錘繞住了旗桿，嘉拉那一端的繩子也越來越短，墜落的速度逐漸減慢。很快嘉拉便停在距離高塔下方邊緣幾吋上的位置，她輕輕躍下。

菲臘也游繩而下，與她會合。從那裏，他們可以清楚看見下面庭院中的錫兵。糖梅仙子正召集她的軍隊，說：「先佔領皇宮，再去找薑媽媽。任何阻擋你們的人——依我看，都除掉吧！」

嘉拉知道她該怎樣做。「我必須阻止這一切，我要去機器房。」

但菲臘想不出有什麼方法，可以讓他們安全地到達那裏。

這時，一陣吱吱聲引起了他們的注意。

「是鼠靈斯！」菲臘說，擺出保護嘉拉的姿勢。

「等等！」嘉拉注意到鼠靈斯似乎是來幫助他們的。只見他鞠了一個躬，然後跑到一個隱密的壁凹處，在精緻的銅蓋前再次吱吱地叫。

「他正在給我們帶路！」嘉拉說。

他們爬進洞裏，迅速地把頭上的銅蓋蓋好。

在皇宮的地底下，排水道的盡頭有一扇生鏽的鐵門。嘉拉和菲臘把門推開，隨即面臨下一個難關：有一條洶湧的河流擋住了他們的去路。鼠靈斯帶他們沿着河邊走，來到一條巨大的瀑布前。瀑布下有好幾個木製的大水車。

「我們應該可以從水車爬到機器房的。」嘉拉注視凸出水面的礁石說。

這是很危險的做法，菲臘本想領在前頭，但嘉拉堅持，他必須去第四國度找薑媽媽報信。菲臘不願離開，但嘉拉說服了他，因為這是唯一能成功的辦法。

在嘉拉潛入機器房的同時，鼠靈斯把菲臘帶到第四國度。

薑媽媽從她的提線木偶裏走出來。菲臘一靠近，她身邊的小丑便一個個做着側手翻跳開了。

「我是以朋友的身分前來的！」他指着自己的帽子說，躲在帽子裏的鼠靈斯馬上現身。

「嘉拉在哪裏？」薑媽媽問。

菲臘告訴她嘉拉在皇宮裏。薑媽媽很擔心，但菲臘叫她放心，事情已按照計劃進行。他告訴薑媽媽，糖梅仙子正準備佔領奇幻國度。

薑媽媽提醒菲臘，很久之前他們都向女王發過誓，答應要「不惜代價，保護奇幻國度」。菲臘十分願意履行這個承諾。

「那麼，我們必須引糖梅仙子到我們這裏來。」薑媽媽對他說。

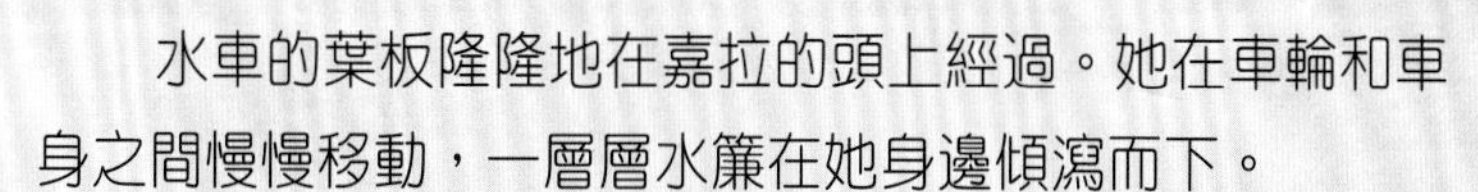

水車的葉板隆隆地在嘉拉的頭上經過。她在車輪和車身之間慢慢移動，一層層水簾在她身邊傾瀉而下。

她做了一個深呼吸，然後手一抓，讓其中一塊快速經過的葉板把她往上拉。嘉拉隨着轉動的葉板上升，又濕又累，終於喘着氣地降落在機器房。她馬上躲了起來。

嘉拉小心翼翼地四處張望，眼前的畫面令她感到震驚。錫兵們正在操作發動機，製造出更多高大的士兵。每過一分鐘，糖梅仙子的軍隊就會更強大。

嘉拉知道她必須切斷機器的能源，但怎樣才能做到呢？

連接到水車的水道遍布整個房間，她看見總活門的位置。這個方法應該可行——只要她能接近控制桿。

雖然她和活門之間有好些錫兵，但嘉拉想到一個辦法。她在藏身處發現了一盒發條玩具老鼠。於是，她蹲在機器房的地上，開始給那些老鼠上發條，讓它們在房間裏四處跑。

士兵們被這些老鼠弄糊塗了，一個個跑去捉老鼠。嘉拉趁着他們的注意力分散了，便越過房間，衝到水車的活門前。

嘉拉細看讓發動機運作起來的機械裝置：日內瓦驅動器和棘輪用來收集能量，發條齒輪則轉動金屬管。

她用盡全身的氣力，終於關上活門，水車也馬上停止轉動。

糖梅仙子在大殿裏，看着提線木偶逐步靠近皇宮。「薑媽媽⋯⋯終於來了！」她說。

她的錫兵與薑媽媽的小丑對峙着⋯⋯然後兩軍開始交戰。但糖梅仙子走到她的士兵面前說：「別理會那些愚蠢的小丑！我要對付的是薑媽媽！向前衝！」

她的士兵衝上去，集中力量攻擊提線木偶。他們揮劍砍了又砍，巨型木偶終於倒下。「我們勝利了！」糖梅仙子非常興奮，飛到大裙襬上面命令說，「出來吧！薑媽媽！你的王國是我的了！」

破爛的木偶裏有東西在動，然後菲臘出現了。

「胡桃夾子！」糖梅仙子驚呼。「薑媽媽在哪裏？來人，除掉他！」

菲臘拔出劍來。「你們聽見了嗎？快來抓我吧！」

士兵們向菲臘圍攏過去。他故意讓他們接近，然後轉身直跑，把士兵引到鼠王那裏！鼠王聳立在錫兵面前，和菲臘並肩作戰。

*　　　　　　*　　　　　　*

嘉拉把活門關上後，正準備回到發動機前，卻被一名錫兵發現了。她想跑到房間的另一邊，可是有更多士兵擋住去路。其中一人想抓住她，嘉拉把他踢開，但他們的人數太多，也來得太快了。

砰！突然一羣小丑衝進來，有個錫兵把自己打開，然後薑媽媽從裏面蹦出來，就像特洛伊木馬藏着伏兵一樣。她向嘉拉鞠躬：「公主殿下，讓我來效勞吧。」她從腰間拔出馬戲團用的長鞭，開始鞭打那些錫兵。

嘉拉說：「對不起……」

薑媽媽一點都不在意。「我之前也對你存着戒心。但現在我已看出，你確實是瑪俐女王的女兒。」

「如果你能擋住這些士兵，我可以使發動機無法啟動。」嘉拉說。

薑媽媽笑道：「去吧！把這羣笨蛋交給我！」

嘉拉着手研究發動機的機械裝置，當她想儘快把主要螺栓鬆開時，糖梅仙子卻出現了，嘉拉只好躲起來。糖梅仙子撲向薑媽媽，抓住她鞭子的末端向上飛，把她吊在機器房的半空中。然後糖梅仙子放開手，薑媽媽便掉落在一羣憤怒的士兵中間。他們一哄而上，把她捉住了。

糖梅仙子飛下來，對她的敵人說：「你還想再一次破壞我的計劃？」

「我成功地阻止過你！」薑媽媽回答。

「你只是把不可避免的事拖延了一下而已。」糖梅仙子說，「公主——她在哪裏？」

薑媽媽騙她說：「她走了，逃離了奇幻國度。你已無法傷害她！」

糖梅仙子大笑。「那麼，現在整個王國都是我的了！」

START
STOP
TEST
UP

在躲藏的地方，嘉拉看見日內瓦驅動器再次轉動並加速。驅動器一旦啟動，她就無法讓它停下來了。

但嘉拉沒有放棄，她留意到撞針的位置，就在齒輪旋轉儀的下端。她跳起來，迅速地把撞針拔出，改插在齒輪的上端。

嘉拉希望這個方法有效。這時，她只能躲在一旁，因為糖梅仙子用鞭子把薑媽媽綁住，帶進房間，並逼她走到平台上，想用發動機把她變回玩具。

「再見了！」糖梅仙子說，她的手指放在按鈕上。

「住手，糖梅仙子！」嘉拉從螺旋樓梯走下來。

薑媽媽叫嘉拉快逃，但糖梅仙子已呼來侍衞，他們輕易地捉住了嘉拉。

「糖梅仙子，」嘉拉說，「我的母親愛我們每一個。難道你不明白嗎？我們身上都有她的影子。你現在住手還來得及的。」

糖梅仙子聽着，卻不同意嘉拉的話。她理直氣壯地說：「真正的女王必須做出對自己最有利的決定！」說完，她按下了發動機的按鈕。機器加熱，開始向着平台移動。在發條齒輪的驅動下，金屬管向下移動。

「真正的女王必須做出對自己的子民最有利的決定！」嘉拉說。這時候，撞針卡住齒輪了，金屬管突然從薑媽媽的身上移開，指向了糖梅仙子。

「啊！不！」機器發動時，糖梅仙子大叫。

糖梅仙子倒在地上，變成了一個沒有生命、小小的洋娃娃。

嘉拉跑到薑媽媽身旁，替她解開鞭子，然後她們緊緊擁抱着。

* * *

在森林裏，錫兵把菲臘和鼠王包圍起來，但突然之間，他們全都停下來了。一排排的士兵就這樣僵在原地，不再作戰。

「她做到了！」菲臘鬆一口氣說，「嘉拉做到了！」

不久，嘉拉來到母親的睡房，頸上掛着那把能夠打開蛋形盒子和啟動發動機的鑰匙。她站在窗前遠眺整個王國，摸着鑰匙微笑起來。

「公主殿下，您有訪客。」菲臘打斷了她的思緒。

嘉拉轉身瞄了他一眼。菲臘更正說：「嘉拉，你有訪客。」他退到一邊，讓霜華、荷芳和薑媽媽走進房間。

「事情已平息了，我們也獲救了！」霜華說。

「奇幻國度統一，再次恢復和平！」荷芳補充。

第四國度也恢復原名，再次被稱為遊樂天地。

薑媽媽緊握着嘉拉的雙手。「親愛的，這次全靠你。」

但嘉拉很懊悔，若她一早聽信薑媽媽的話，就可以免去很多麻煩。她再次道歉。

「沒關係，一切都過去了。」薑媽媽說，「你的母親一定會為你感到驕傲。」

經過那麼多事情後，現在只剩下一個問題。霜華問：「你會留下來做我們的女王嗎？」

嘉拉跟他們分享自己在這次旅程中所學到的。「事實上，你們不需要我或任何女王。你們所需的一切已在你們裏面。我的母親知道這一點。」她告訴他們，她已準備好回家。「我會想念你們每一個的。」

大家都同意這是她母親的心意，也答應日後會一起好好合作。他們派菲臘護送嘉拉回到她剛來時的那棵樹，待任務完成後，他便會晉升為皇宮的侍衛長！

是時候離開了。

菲臘和嘉拉過橋後，經過原先的那個崗亭。弄臣和騎士擠在小亭裏，嘗試鞠躬卻不夠空間，情況相當尷尬。

嘉拉發現他們兩人總是在一起，真是一對活寶。

她帶着親切的笑容，和菲臘繼續往前走。

菲臘把嘉拉送到大樹的底部，就是她當初進入奇幻國度的地方。這時她已換回參加聖誕晚會時所穿的裙子。

「請記得回來探望我們。」菲臘說。

「當然，我會回來的。」說完，嘉拉有個主意。「說不定你也能來我的世界。你可以認識費斯、露絲和我的父親。」

「他們像你嗎？」菲臘問。

嘉拉笑着回答：「唔……不是很像呢。」

「我想也是。我從未在任何地方遇見過任何像你的人。」菲臘說。

「這是好事嗎？」嘉拉問。

「這是最美好的事！我會非常想念你的。」菲臘凝視着嘉拉的眼睛說。

「我也是。」嘉拉說，「但往好處看，當你想念我的時候，就會記起我，而回憶可以帶給你歡笑。」

「真的？」菲臘半信半疑。

「我可以向你保證。再見了，菲臘！好好保護奇幻國度。」嘉拉踏進樹裏。

「一定。再見，嘉拉！」菲臘目送她，直到她完全消失。

在陰暗的通道內，嘉拉向着遠處依稀可見的門口前行。當她走出來的時候，爵迷雅正站在大廳裏看着時鐘。

「嘉拉？你回來了！」爵迷雅拍拍她的手臂說，「你覺得這個平安夜怎樣？」

「正如你所說，非常神奇！謝謝你！」她說。

「你找到了你要的答案嗎？」

嘉拉微笑。「找到了。」

嘉拉跟他道了一聲晚安後，便去找她的父親。施德布先生正獨自站在爵迷雅家的亭子裏，雪花輕輕飄落在他的外套和頭髮上。嘉拉想為自己剛到晚會便溜走而道歉，但父親卻想先說一件重要的事。

「我失去了一生的摯愛，而你失去了……」

「母親。」嘉拉說，「我這輩子每天都會想念她的，但我不想再錯過跟你、露絲和費斯相處的每一刻。」

施德布先生把她擁入懷中，說：「不愧是你母親的女兒。」

薑媽媽也曾這樣說的。嘉拉回想起這件事便笑了。

施德布先生說他可以送嘉拉回家。既然她不想參加晚會，他們也沒有必要留下來。

「你不是還欠我一支舞嗎？」嘉拉問。

他們回到大廳，嘉拉打開音樂盒，優美的旋律在空中飄盪。

施德布先生怔住了。「這首歌，正是你的母親和我跳第一支舞的音樂。」

嘉拉把蛋形盒子放下，牽起父親的手。他們開始跳舞，最初只有他們二人，很快露絲和費斯也加入了。施德布一家再次團聚。

爵迷雅站在遠處，臉帶笑容地看着他們。

一隻貓頭鷹越過花園，進入倫敦市上空，向着漫天繁星高飛。